AF362685

LA FAMILLE RIDICULE,

COMEDIE MESSINE.

Revûë, corrigée & augmentée ; ache-
vée d'imprimer pour la premiere
fois en 1720.

A BERLIN,
Chez Jean Toller, Imprimeur & Marchand
Libraire de la Cour.

ACTEURS DE LA COMEDIE.

GLIAUDE, Bolangy & Dozomier de let Berache Saint Mertin.

NANON, Fomme de Gliaude.

NANETTE, Feille de Gliaude & d'Nanon, Amouroufe de let Rune.

QUETELON, Sieu d'Nanon.

LOULETTE, Cofeine de Nanette.

LET RUNE, Praquerou, & Emant de Nanette.

FLIPE MITONO, Epranty de Gliaude.

OURSELLE, Demjalle de Gliaude & d'Nanon, Matraffe de Flipe.

Troppe de Pairans que viennent au Contrait.

LO NATARE.

La Scene eft chez Gliaude Demange, Boulanger à Metz.

LA FAMILLE RIDICULE,

COMÉDIE MESSINE.

ACTE PREMIER.

SCENE PREMIERE.

GLIAUDE, NANON, NANETTE.

GLIAUDE.

PERNEU oüarte et vat Feille , Nanoñ fat vat
    effare ,
Si j'eveu in Guechon , je féreu quet en fare ;
Se freu mou grand domaige qu'euffe droule-let
Aye in fi bé Pucelége ; in faume qui feu nat fet :
On met dit qu'let veu dit , qui let vleu po fet fomme ;
Ma iffe trompe dans fquelcule , Nanon , in frem fot
    'n'homme.

N A N O N.

Y faut don qu'en dou mat vly beillinſe ſo conget,
Y ſreu cauſe que péchoune ne vanreu pu toſſet.
Gliaude, quan jeul voit peſſé je ſu tote en colére ;
Beilleu ly don s'conget ſi vatteu in boin Pere.

N A N E T T E.

Po let more don boin Dieu, Manman neuf focheure
   met,
Veu ſeiveu ſqui ven cotte pendant qu'vatteu en let,
Vatteu totte déſolaye, vo péreſſeu totte triſte ;
Chauffeu des ſerviattes, ou vairin let mariſſe :
Ne ſongeure pu et lu, j'évans in Praquerou,
Que vangret let Fémille, & qui lien diret mou.

N A N E T T E *à Gliaude.*

Vo, Papa, alleuve-zen où q'vatte Cheirge vos épelle,
Et leyeu met Manman, eulle nemme beuſan d'qué-
   relles.

G L I A U D E.

J'men va, ma ſi s'droule let penſeu revenin cheu not,
Feyeulle tra bien fratté pet natte Flipe Mitono.

S C E N E   I I.

N A N O N, F L I P E, N A N E T T E.

N A N O N.

FLIPE, veneuve-en toſſet, ouyeuve ſou q'dit
   vatte Maſte ?
Preneu natte grand freuglion.

F L I P E.

Totte et let pu grand hâte,

Vlet juftement l'endreu poine fare effoiné d'co ;
Per ma foy, natte Matraffe, je n'ame effez boin do :
Po qué nevé vourinve, po pliare et vatte Fémille,
Bette in Guéchon en let, lu quat in fi boin drille ;
J'aime mieu fourti d'che vot, ve freu fan qu'iffe
      pliaret ;
In met jema fa d'mo, diale empourte queul bettret.

N A N O N.

Hé bien, met Feille, n'attanche met mal en chance,
De nury in Guechon & d'ly remply let pance,
Po fotenin nas enlmis ? Mateul fieu m'cher Affant,
Jeune lot féreu foffry, id vient trat infalant ;
Nanette, alleu ly dire que jeune lot pieu pu veure,
Et que.......

N A N E T T E.

J'entens, fine fourte, j'eulle penra pet let heure.

S C E N E I I I.

N A N E T T E , F L I P E.

N A N E T T E.

ALleu, pufque vatteu fi défobéïffant,
Que veu n'éveume volu fare por met ni po
    Manman ;
Jeuf viens dire de fet part, Flipe, qui faut qu'euf
    fourtinfe ;
Eulle neuf féreu pu veure, eulle vieut q'ven allinfe,
Chercheu in Mafte eillou, je cherchrans in Guéchon :
Veune mo repondeu rien, oüefte fou, maudit foulon ?

FLIPPE.
Qu'af-ce que jeuf répondreu , pu qui faut que vat Pere ,
Mo beïlleuſſe mo congét lu-même.

NANETTE.
Et bien met Mere
Met dit queu j'tole beïlleuſe , & queut t'en veille promné ;
Autrement ſeutte réſonne, chto poreu mochet l'né.

FLIPPE.
Aïe , ma ime faut des Lattes de mes Eprantiſſéiges.
NANETTE.
Terrez puto d'natte roïlle au tretvé deutte veuſeige.
FLIPE.
Jeul veureu & près tot.

SCENE IV.

GLIAUDE *tot perlu.*

Q Ué bru aſſe queu j'entans ,
Imme ſane que natte Nanette meurmeüille entre ſes dents ;
Peut-ete queulle malin Coure et encare dit quéque chouſe ;
Il poureu beune païet ; l'eret r'dobliet l'endouſſe ;
Y faut qu'jeul ſeveuſſe : Nanette , mo vlet reynin ;
Depeu que j'fus envaïe n'aiveuve rien éprin ?

SCENE V.

GLIAUDE, NANETTE.

NANETTE.

PApa, je n'en ſai q'trat, je n'ouſe quoſi vol dire,
Met Manman a fochaye, l'en bra & l'en ſopire;
Quand veiveu en allé, veune zeveu dit tot haut,
Qu'on feſſe bette ce droule let pet natte Flipe Mitonno;
Je l'évant fa épellé, on liet dit vatte penſaïe,
Ine s'en et fat que maqué, let monté natte degraïe;
Et aulu d'penre in roïlle ou bien in boin freuglion:
Je dote, nozet-y dit, d'aoüet des cots de batons;
Quand met Manman et vû que Flipe etveu ſi paoüe,
Eulle let in poü hoüiet, & lu liet fa let maoüe;
Je l'y beilleu s'conget tot come veiveu entré;
Mot Pere, en lu d'ſourti, y net fat qu'raiſonné;
Y ſotient nas enlmis, ſolet n'at oüa honête;
Papa, l'at et natte pain & natte pâte.

GLIAUDE.

Let eune tête,
Ma jeul rédura beune, botté ne vannayeure met,
Deujeu et vatte Manman qu'eulle yeigne in po toſſet.

SCENE VI.

GLIAUDE *tot seul.*

I Ne faume dire aux affans, encare beune qui sin
      seiges,
Torto les p'tiates effares queussent pessent dedans in
      m'neige ;
Met Feille a beune gentie, ma y li faut coichet
Sou qu'on met dit énu, slét let freu enreiget ;
Ma vasse met fome que vient, & d'vant que d'len
      instrure
Je vieu in poü saoüet si eulle ne mesine fa chure,
Je n'ouse sourti de sty sans li dire où que je va,
Et jesquét met feille dit ; où en alleuve Papa ?

SCENE VII.

GLIAUDE, NANON.

GLIAUDE.

E T vo, Nanon, et vo, qu'assat ? vatteu cheigrine,
   Renjaïseuve lo quieure, & n'faïeure met let mine.

NANON.

O Gliaude ! jattans peurdus, natte Flipe nos tréhit,
Y passe au malin Coure, il sottien & l'en rit ;
En rire ! lu q'devreu panre et quieur let quérelle,
Nos aimé l'inque & l'aute, & r'vanget natte Bacelle.

Gliaude ne vet telle met dit fes fentimens ledfus ?
GLIAUDE.

Eulle ne m'en eft que trat dit, j'en fçai pu que je
　　na v'lu,
Ma fnam grand choufe de flet, y les faut leyet dire,
Ene vot point cheigriné, ma au contrare en rire,
On m'en eft dit bien d'laute on lu où que je deviens,
L'malin Coure pale de not, tot come des gens de rien,
Ifle maque d'let Femille, ifle ris d'natte Loulette ;
Ceune freu qua rien de flet, ifle raille d'natte Nanette,
Y dit que . . . .
NANON.

Quaffe qui fereu tant dire, affe queul Droule let dé-
　　deigne ?
GLIAUDE.

In let dédaigne que trat, pus qui l'épelle Aireigne,
Et qui liet d'né fnom let ply beillet don cheigrin,
Je l'y vieu fare in procès, Nanon, car la malin,
Je palran demain de flet ; coujanne, vaffet Flipe,
Y pourreu allé dire nas fecrets.
NANON.

Lo béliftte !

Jeune lo fereu foffrit.

SCENE VIII.

GLIAUDE, FLIPPE.

FLIPPE.

MAfte peurneu vatte manté,
Et enca vas pintes d'anches, on hoüye d'on vin nové.

GLIAUDE.

J'en vas, mas freuve torjo oüy de vas novelles,
Et freuve caufe que por vot jera torjo querelle;
Met Fome & met Bacelle m'ont quofi vlu tranliet,
Et cofe que jeuf fottient; Flipe ne feyeure pu en let.
Sa met q'lou zieveu dit quif feinfe panre in raüille,
Ou beune in boin freuglion, pot fraté les épofles
Don malin Coure; Flipe, falleu-t'y d'fobéit
Met Fome & met Bacelle, pufque je l'ou ziéveu dit.

FLIPE.

Natté Mafte, je n'y fra pu; ma fat des fois que je dotte,
Qu'on nmot beilleufle ful né, ou au trévé des pottes;
Y font zou cinq ou chiche que bettent tojo l'péve,
Qu'eune manqrime deume gugnet fim polin étrépé,
Si inque de zou feiveu que j'aye une telle penfaye,
De bette lo Malin Coure, y frin pu d'vin jornayes
Et vin nus et rodé élentor de chennot,
Enchquet qu'leirin anrné vatte poure Flipe Mitono;
Veu voyeu don beune qui faut que jeume beilleufe
        de oüatte;
Si portant jeul pieu tenin feul, jeul bettra.

GLIAUDE.

                            Jeul fohafte,
Veu fantisfreu Nanon, Nanon vot fantisfret,
Et tortot let Feinnille, & pu éprès vereu
Eune matrafle récompanfe quan je merira met Feille:
Flipe quan je r'vanra que je noüyeufe pu d'querelle.

SCENE IX.

Flipe *seul.*

O Poure Flipe Mitonno ! qué péralle êtes lachet ?
Teu dit que teul bettré, affe queute namme
enreiget !
Neutte foviente pu don jot que put treu cens cods
de gaufe,
Chéyin comme de let grale deffus tes poures épaules.
Des dou cottés ta prin, fi teul bet, t'fré bettu ;
Si t'neulle béme, té Matraffe diret : jeune tot vieu pu,
Eulle te cheffret envaye ; & dans qué Bolangereye
T'en vreite pot tréveillet, & gaignet té poure vaye ?
Deillou teul promat et Mafte, & fit n'en éme jet
l'enveye
De fare fou queutte ly dit, s'il fçait terré let haye ;
Ta dialman malhaoürou d'efte en cette mojon fet,
Quant y niet quéque maux fat tot chéquin dit q'fa tet,
La vra, d'peu q'natte Mafte eft permin & fet Feille
De fe fare brauve, de fperé, & fare let grande bacelle,
Je n'a non pu deu r'po qu'eune gen quat en enfé ;
Let pu d'trente émoroux qu'eume font quofi doné ;
Y font tot let jornaye épayet conte natte foche ;
Que jafent, & met je n'oufereu foulman ovrit let
boche
Po lou dire de ftiriet quan la tems d'enforné ;
Slet a caufe que natte pain peiret torjo trat levé ;
Encas fi fateu tot, jeul panreu en pautience ;
Ma flet na que feuque & miel au prix d'let belle
dance

Que jou il y est quéque tems & oure de meynu
Pet coüet malins gaillards , quattin so , qu'évin bû
Pu d'vin en zoute repet que jeune fa en une ennaye ;
Et fouche que l'attin so , ma foy in polin haye ;
Lot pu effronté d'zou, comme jeur feyeu mes lvains,
Vint bachet & natte heuche , & vleu aoüet don pain ,
Jeud jeu qu'l'atteu trat ta , y r'concheu met pérale ,
Jeud sohaté , mod jeu-ty , let veroule & let galle ;
Flipe , té quitté le Merchaut pot épanre lo Blangy ,
Pu q'té cheinget en let , je va chiet po le meuty ;
Y m'épeillin fripon , id gin queuche sreü Cornare
Si jetma jeume mairieu , sat eune étrange effare ;
Vlet des méchantes énonces,y seront cause que jetma
Jeune vra pu fare l'émore , ni que jeume mérita :
Et près mahoüet long-tems grollé & chanté paüille ,
Y grimpinrent su natte tau , emme demandin in raüille;
Jeune lou répondeu rien , & quand y vurent solet ,
Id ginrent que jeul payereu, & pu sminrent au bachet
Et natte heuche & natte tau , y vlin rayet nas sneites ;
J'éveu paoüe qu'in mo chtinse des pierres deffus let
        tête :
On entendeu zou voix que prononcin tot haut :
Chto bettran, chten reuneran, maudit Flipe Mitono ;
Quant j'ouyeut tortot slet , y mi prit une telle trem-
        blure ,
Q'ieume coüecheu d'épovante dezot natte grand
        beurture ,
Pot qu'in mo voyinse met pet les fantes de natte tau,
Et qu'in s'évifinse met deume fare enca quéque mau ;
Enfin pome dire édu,inque de zou print eune pierre ,
Et let jeutte et natte drage , pu stireu en erriere ,
Les autes attin tot de coute , qu'eume déjin hé forcié,

Dit que jeune maquan d'Léreigne, en cas don Lou
    Cerviet ;
Sans dotte lo Lou Cerviet, sa Medemoiselle Loulette,
Et l'Ereigne ja beune paoüe que çeune feut natte
    Nanette :
Ja torjo oüy dire qui ly vlin épellé ;
Si natte Maste lo seiveu, ma foy y srin fratté ;
La ptiat, ma in lame que d'aoüet boin coreige ;
Car quand l'a en coleire, on oüet pedsu sveuseige,
Eune rojou qua pu erdante qu'in brézau,
Et quéque fois pu vermaille que let cratte de natte jau ;
Inne fame boin spanre et lu, y n'épagne mei y tosche,
Su let tête, sus les brets, y beille des bonnes taloches ;
Ma slet neume serve de rien, comment frage pome
    coëchet :
Que jeune vieume bet lo droule, ma foi y faut cher-
    chet
Quaiques rusés & quaiques finesses, & les matte en
    usaige,
Fare semblant de rien, & joüé natte personnaige,
Po d'guigiet met péralle, je l'épellera fripon
Quan je veura natte Matrasse évieu set sieu Quetlon ;
Ma eillou jeune lo frame, coujanne vasset let Mere
Et natte jaly Bacelle, que s'en vient dreute et met,
Car si eulle m'entendeu, eulle mo poureu hoüet ;
Roüateu comme elle s'en vient en contant ses pessayes
Ne diriave-met aoüet Aljon let desolaye.

SCENE X.

NANON, FLIPE.

FLIPE.

JEuf-a tanto fochet, Matraſſe, j'en a mau tant,
J'en trembeüille quan jeuf oüet.

NANON.

    Flipe, jeuf zantant,
Veu dotteu d'eſte hoüyet, veu non freume, car jeuf
  perdonne ;
Quant je va tanto meunſiet, veune metveume cru ſi
  bonne.

FLIPE.

Perdonnéme, natte, Matraſſe, ce namme let premi-
  re fois,
Que j'ma éperçu que veuf fochin in po ;
Ma quant vatteu reufnaüe, & qui niet pu d'coleire,
Vnégiſſeume en étreinge, ma ſa putau en mere ;
Jeuf dit encas une fois, que jeuf demande perdon,
En veſchuran qu'jema jeune vo fra pu d'effront ;
Et que ſtitlet quat coſe que jeuf-en a ſa inque,
Poureu d'van qui ſeu nu, s'en rayet les inques.

NANON.

Pus que vo reconcheu vatte faute, vercu don vin,
Tot fin plein natte gadat, po nayet vatte cheigrin,
Je ſçé qu'euffe zen eveu évu, pendant q'jatteu focheie.

FLIPE.

Ah ! le boin naturelle.

Le premier Acte finit par une Entrée de Ballet de quatre Mitrons danſans, cha-cun un Fourgon à la main, & chantans en ſe retournans, ſur l'air, Pierre Ba-gnolet, &c.

FLIPE Mitonno, Flipe Mitonno,
Flipe Mitonno bajeu Ourſelle,
Sus l'cu don Foche po aoüet chau.
   Tot auſtot let poure Bacelle
Devint roge comme in brézau.
Flipe Mitonno, &c.
   Dépêche tot don ce ly d'jeu telle ;
Hoye, mon Dieu, teume fa mou d'mau.
Flipe Mitonno, &c.
   Vet promné val qu'on m'épelle,
J'entends des gens que hoüyent au tau.
Flipe Mitonno, &c.
   Mo droule me repondeu met Bacelle,
Quand y heurtrin cat pu haut.
Flipe Mitonno, &c.
   Gliaude atteu dans let chambe haut,
Qu'entendeu r'moüé l'bouchau.
Flipe Mitonno, &c.
   Y d'chendeu et l'évallaye,
Et vû queul foche n'atteume chaud.
Flipe Mitouno, &c.

Y lou d'jeu quaſſe queuf feyeu
To douſſe tolet l'cu en haut.
Flipe Mitonno, &c.
   Quand y vû quine répondinme,
Y les fit l'vé et cods d'coveau.
Flipe Mitonno, &c.
   Flipe tot épovanté,
Troſſe ſes guergueſſes & ſauve en haut.
Flipe Mitonno, &c.

ACTE SECOND.

SCENE I.

NANETTE, OURSELLE.

NANETTE.

IL y et déjet eune heye
Queume Papa at envaye, y devreu eſte revenin;
Jéreu fa treu fois l'tot de let Bérache Saint Mertin,
Quaiquinque de ſes émins let p'eſte enmoiné boëre
Pus qui daye ſi long-tems, jeul dira et met Mere;
Ma iine ſanne que j'lentends, Ourſelle,
Naſmet ſet voix.

OURSELLE.
Aye, per ina foi ſat t'elle.

SCENE II.

SCENE II.

GLIAUDE, OURSELLE.

GLIAUDE.

SEt qu'on m'beilleuſſe eune chire ; preneu mes
       Pintes, Ourſelle,
Matteu-les en l'aumare, & vneuve-en mo d'choſiet,
Schu hadé comme in diale, jeu nen pieu pu des pieds,
Ja corry let Bérache, ovré comme in forçare,
Pot aoüet ſes petiats dreux, y faut fare mou deffare,
Encare beune qu'ome deveuſſe de totte antiquité,
Des Peintes d'anches & doziémes, cheiquin vieu chi-
      cané ;
In Borjeu quet don vin & coüettoure ou & ſauze,
Mo beilret en greumlan eune pinte de vin & doze.
Cheiquin taſche deume trompé, & ſi je net veume étu
Percori let Bérache, je n'éreu d'énu bû ;
Met Cheirge mo cotte eſſez, y niem lot mat & dire,
Ourſelle, dépêche-tot don, & m'epourte eune chire,
Je n'en pieu pu des pieds, boin Dieu que j'ſu hadé.

    O U R S E L L E *donne une chaiſe à Gliaude, & la*
                 retire en diſant :

Repouſeuve.

GLIAUDE.

    Et met, Nanon, per ma foi ſchu d'fralé,
Ja coſy l'co rompu, ô let mauditte Bacelle !
De m'aoüet joüe ſtot let, je m'a fa eune veuzelle,
Teume lot payeré tantau, jeul dira & Nanon,
Oye, jéune mot pieu r'levé, ſleme va enche qu'au
    creupion.

B

SCENE III.

NANON, GLIAUDE.

NANON.

ASSE queuf n'atteume hontou de dayet eune
      jornaye,
Pot allé querre......

GLIAUDE.

            Holet, Nanon, jeune pieu pu haye,
Vlet malhour sus malhour, mon Dieu, neume hoü-
      yeur met,
Je m'a essé fa d'mau, suffe maudit plianchit let;
Natte carogne de Bacelle met éporté eune chire,
Elle let retiriet, ja chu, & eulle set min è rire.

NANON.

O quan vatteu en let! que veume beilleu de cheigrin;
Jeune pieu soffry les hommes, quant y sont si plicins
      d'vin.

GLIAUDE.

Fomme quan vevme deujeu slet, per ma foi véveu
      toure,
J'na d'énu bu qu'in co d'vin peillet è coüettoure,
Po sayet slatteu boin,& qu'on n'mot trompeusse met;
J'en a tot plicin mes pintes, si veul voleu sayet,
Veu veureux que je dis vra, & que sna point d'men-
      treye;
Et si veune lot vleume creure, Fomme, je n'ivra
      d'met veye.

NANON.

Seu nam de tortot stet, qui seigit aujordu,

Y liet beune d'autes effares, on n'zet vnin dire énu,
Qui faut meriet natte Feille, & encat natte Loulette.

GLIAUDE.

Po Loulette en cas haye, jeul vieu; mas po natte
　　　Nanette,
Iname ma foi qua tems, creyeume, neunne preffan-
　　　re met;
La janne, la beune genty, veu freu fan quiffe pliaret,
Nanon, fi j'en fu l'Mafte, ven atteu let Matraffe;
Y faut envayet querre let Sieu Quetlon.

NANON.

Let vaffe,

Eulle vient tot épropos, je ly d'mandran fnévy.

SCENE IV.

GLIAUDE, NANON, QUETLON.

NANON.

O Met cher Sieu de Dieu, je valleu envayet cry,
　Boin jo, comment ven va, m'épanreuve des
　　　novelles,
Oüaffe queuf deveneu en let?

QUETLON.

Je viens d'cheinget met veichelle,

Nas Deumjalles mot l'évin cofi tortot d'fralé :
Comme jatteu près d'cheuvot, je namme volu rallé
Soty fans vnin veure; met Sieu, où alle quat met
　　　Niéce ?
On met dné in oüetté, je lien épourte eune piéce;
Fayeu let in poü vnin.

B 2

NANON.

La envaye au merchet,
Mas dedans in ptiat moment, je creu qu'elle revanret,
En étendant j'van preye, peurneu in poü eune chire,
Je fé mou yaque, met Sieu, que ja enveye deuf dire,
Tochant nat cher affan, on voureu let mériet,
J'en d'vifin na dou Gliaude, ma ine vieume oüi flet,
Y dit qu'lat ca trat janne ; portant y liet eune bande
De Guéchons qu'veigne cheu not, y font cinq que let
    demande ;
Ma ine l'éronme pas inque.

QUETLON.

Et porquet, me- cher Sieu ?
Si veune lou vleume beillet, y les faut chefliet fieu,
Ine les faume émufé, vofenfrin vatte confcience,
Ou beune y lou faut dire, qu'aivinfe in poü potience;
Mas d'jeume in poü, fiffe pliat, lou noms & zou
    furnoms ?

NANON.

Je vol dira beune-tôt : ce font des jannes Guéchous,
Que l'aiment & let foleye ; y liet in Fet unique,
Ma in vieume fare l'amor effu en natte botique,
Y vieut efte en eune chambe ; d'eillou let l'are malin,
Si je ly beillin natte Feille, j'en erin don cheigrin.
Lo douziéme a d'Pala, la boin, la beune honnête,
Ma y nemme inventé let poure ny let falpête ;
Si vieut aoüet Loulette, on ly poureu beillet ;
Ma po aoüet Nanette, Sieu, qui ni fongeuffe met.
Lo treufiéme at en cas d'Pala & d'Pratique,
On l'oüet effez fovent rodé en natte botique,
Lat effez boin guéchon, fat lu q'moine natte Procès ;
Ine faume menty, je l'aimant comme fi fatteu natte
    Fet ;

Ma ine let tieme en cas. Met cher Sieu , l'coüétriéme ,
Et coſi auſtant d'eſprit qu'en eſt l'douſiéme ,
Sou qui n'en n'ame aimé , & qu'lan eſt don chégrin ,
Sat queuſſe coure a pouſé ſu don jambes de fratin.
Lo cinquiéme eſt éprin è ête Epotiquarre ,
Y vleu qu'on ly beilleuſſe , on n'en eſt vlu rien fare ,
Y bet tojo l'pévé , let étu d'onze meutys ,
Torto linque éprès l'aute , & in s'en pieu nury ;
Met Sieu , in teujon qu'roüille n'équette jéma point
    d'moſſe ;
Seu namme enca torto , on oüet éprès ſes troſſes ,
In tropé d'chins corans , que meingerins tot nas rtras ,
Po ſtitlet la rocliet , car ine leret jema ;
Vettan cheiſſiet éilliou que dans natte Bolangereye ,
Je vlan aoüet in Genre que ſeiche gueignet ſet veye.

QUETLON.

Met Sieu , veiveu rajon.

NANON.

    Ho , ho , je nattamme ſi fou ,
Queud beillet natte Bacelle è eune homme quat
    Cheiſſou ;
Met Sieu , po des Cheiſſoux , ine mo pourte met
    bonne mine ,
Natte Mointraſſe de Chété , ni nas rtras n'ſuffiſinins;
Alleu en natte chambe haut , je palran è lugy ,
Péchoune neune zantendret.

SCENE V.

OURSELLE, *tote perle*

O Queulle mot font d'pliagy !
Lerrin encas étu toſſet tote eune jornaye ,

Et paflé d'zoute Bacelle , queulle n'a déjet nŕériaye ;
Sa vra fou q'dit natte Flipe , depu qu'on liet permin
D'aoüet des Anmoroux , jeune ferin pu dremin ;
Inque s'en vanret aux uttes jufqu'au nieuf ; l'aute au
        dige ;
Dou autes in poü éprès , que font des fattes moriges ;
Je fas fou que j'pieu d'zou , & fi feunfreume din fou
Qui m'évinflent fa préfent , feuffe n'atteu po in poü,
Quéquin s'en r'pantireu , ma j'vieu aoüet potience ,
So tréyin fet n'deuremme , ou j'lou beilra let danfe ,
Ma foi je freu beune fatte de les fervy pot rien ,
Si veüillent que je feffe por zou , y faut qu'im péinfe
        bien ;
On bache , je m'en va veurre , quiaffe que fpoureu ête
Que s'en vient eftoure fet pot m'embroüillet let tête ;
Sa peut ête natte Nanette que s'en vient dau merchet.

S C E N E   V I.

N A N E T T E ,   O U R S E L L E.

O U R S E L L E.

QUiaffe ?

N A N E T T E.
Ovreu vittement.

O U R S E L L E.
                    Affe vo , Nanette ?

N A N E T T E.
Bé aye , fat met.

O U R S E L L E.
O Nanette ! ja ma foi des bonnes novelles ef dire.

NANETTE.

Quaſſe que ſat dont, Ourſelle, ime ſanne que jeutte
  oüet rire,
Aſſe qu'on eſt paſſé d'met?

OURSELLE.

              Vatte Tante & vatte Manman,
Ont paſſé beune dou houres de tortot vas Galans;
Lo Cheiſſou, l'Fet unique, ſtitlet quat ſi honneſte,
Qu'on dit qu'nem inventé ni let poure ni l'ſalpête,
Ni ſtitlet qua pouſé ſu dou jambes de fratin,
Nomme bezan d'y ſonget, les vlet tortu beune prins,
Y niet queul Pracurou que ſeu aimé d'vatte mere,
Vot veunne lo héiſſeume, veu l'aimeu pu qu'in frere.
Vot vourin déjet beune queul Contret ſeu peſſé.

NANETTE.

Ine faume menti, Ourſelle, ſat lu quat l'beune aimé,
Tos les jos ime vient veure, y ſopire, y m'embreſſe,
Y dit qui vieut meury ſi jeune ſu ſet Meitreſſe ;
Y ſmat en g'nat dvant met, y m'échure que jéma,
Y n'en eret point d'aute, Ourſelle, ma foi j'lera,
On fret ſou qu'on vouret, quet qui n'aye met grand
    chouſe,
Ime pliat, ſat eſſé dire.

OURSELLE.

              Aye, ma let pu belle rouſe
Devient ſovent grette cu ; y peret beune genty,
Jeuf zevouë qu'lat bé, & qui liet don pliagy
Deul veure ; mas d'jeume in poü, eſt y payet ſet
    Cheirge ?
On met dit qui let d'veu.

NANETTE.

Qué conte queutte dit, qu’en seige,
Quand iue l’éreume payer, y l’y en est beune des
    autes
Qu’en payent les intérest; asse déjet eune grand fau-
    te?
Les grats qu’eume Papa est, subvenront plet payet,
Et comme la beune genty, y l’eret tôt r’gaignet;
S’let neume mat oüa en poine, vasse met Coseine
    Loulette,
Queume vient veure, lat mou triste.

SCENE VII.

LOULETTE, NANETTE.

LOULETTE.

Boin jo, Coseine Nanette.

NANETTE.

Boin jo, quasque véveu;

LOULETTE.

Je meure, je n’en pieu pu,
Vlet m’Galant q’met quitté, on m’let vnin dire énu,
L’Malin Coure en a cose, ne sus-je met malaüroufe,
Sans lu j’éreu étu Luciere ou Pracuroufe;
Sans dotte il l’est d’gotte deune pu v’nin en cheunot;
Y liet dit qu’jettendeu les Galants sus natte tau,
Tot comme in lou cervié qu’épaye éprès set proüye;
S’let m’beille mou d’chégrin.

NANETTE.

Et met, je n'en a oüa d'joüye.

LOULETTE.

Bien pu y fet vanté qui freu fou qui poureu,
Po n'chégriné tortu ; ô Cofeine je voureu,
Queuffe Malin Coure let fut on pu bé lincieu qu'jaye,
Seite d'in mou grand chégrin je freu débéreffaye.

NANETTE.

Holet, ne breyeure met tant, répajeuve, il payeret,
Monfieu d'let Rune met dit, que je gaignerin natte
 Procès ;
Y lien cottret d'lergent, on ly fret des effares,
Ine devreume tant bebliet, Cofeine, ceffeu d'en bra-
 re ;
Veume rendeu totte chégrine, deuf veure en stetet
 let ;
D'quet, let perte d'in Galant vo pieu t'elle tant fochet?
Po inque, douffe des r'trevés ; jeune freu oüa en
 poine ;
Cenfoleuve, jeuf-en preye.

LOULETTE.

O met très-chere Cofeine !

Véveu beune agiet d'dire, fi jatteu belle comme vo,
J'en éreu to r'treuvé, ma je fu peutte, valet l'mo ;
Ja bé matte des hebits, ja bé matte des dentelles,
Eme frigiet, eme levé, jeune fume déjet pu belle,
Et pu quand beune jeul freu, l'Malin Coure direu
 qu'non,
Il publireu per tot pomme fare piéce, j'en répond.

NANETTE.

Alleuve-en, met Cofeine, vaffet Monfieu d'let Rune,
Je ly d'mendra confeil.

SCENE VIII.

LET RUNE, LOULETTE.

LET RUNE.

O Ciel que ma fortune eft grande ,
Et quel bonheur pour moi, vous amene en ces lieux ?
Vous êtes trifte , hélas !

LOULETTE.
Jeune lou foüy qu'trat , Monfieu.

LET RUNE.
Pourray-je y apporter quelques petits remedes ;
Eft-ce en fait de Pratique ? on fçait que tout me
    cede ;
Ma fcience a des rufes , à parler franchement ,
Qui me font eftimer particulierement ;
Je fçai donner le tour aux affaires douteufes,
Les Procès embroüillez , les Caufes épineufes,
Occupent tous mes foins , & font tous mes plaifirs,
La Déeffe Chicane emplit tous mes défirs ;
Je fuis fon Fils ainé , je l'adore, elle m'aime ;
A me rendre fçavant , elle a un foin extrême ;
Graces à fes bontez , graces à fes faveurs ,
Je fuis le plus fçavant de tous les Procureurs.

LOULETTE.
Jeune doutons point , Monfieur , de votre favantife,
J'en fommes convaincus , & ce feroit fottife,
D'en penfer autrement ; je vos vas raconter ,

Le chagrinant fujet qui m'oblige à pleurer.
Pendant qu'in plien repos reigneu en natte Feimillé,
On fe divertiffoit, chequin atteu tranquile ;
Nas parens, c'eft-à-dire, mes Onques & mes Cofins
Etions toûjou enfanne, & fouvent iffe traitin ;
Mais come on dit qu'y niet point de rofe fans épine,
Slat n'durit pas long-tems, on fit joüé des machines ;
Pour troubliet nas pļiagis, in certain madifant
Fit des Vers deflus nos, mas des Vers infalans ;
Y m'épelle Lou Cerviet, & ma Cofeine l'Aireigne ;
Il a tant fa enfin qu'eume Galant me dédaigne ;
L'a dit qu'ine vanreu pu m'échuriet d'fes refpects,
A caufe queul Malin Cor ly a dit qu'ine veigne niet.
Vla donc m'Galant perdu, où en r'trouvrage un aute,
Cela me perd l'efprit, j'a don mo rcour au vote,
Roüatez fi vous poulez m'adére en ce befoin.

LET RUNE.

Oüy dat, je le ferai avec beaucoup de foin ;
Je m'en vais de ce pas confulter la Déeffe ;
Repofez-vous fur moi, adieu.

LOULETTE.

       Comme y s'empreffe
Deume rende fervice ; & met to deuffe pet fet je
 m'en vas
Po faoüet fou qu'euffe fret, tâchet d'fare torné l'fa.

ACTE TROISIE'ME.

Il commence par une Entrée de Ballet de quatre Penta-
lons, sur lesquels sont attachez quantité de Pintes
d'Anches de carton, que les sauts des Danseurs font
voltiger. Après avoir dansé, deux des Pantalons se
retirent, & les deux autres dansent un Rigodon, &
chantent ces paroles ; sur l'air : J'avois cens frans,
j'avois cent frans pour boire, &c.

M**ET** cher Coseine
Qué nom qui n'zon beillet,
Y m'épellent Lou Cerviet,
Et y vépellent Aireigne.   *bis.*

O ! qui n'font d'maux,
J'nosrin perétte en raüe
Et va Flippe Mitonno ;
O ! qui n'font d'maux.   *bis.*

Sans cesse y n'font let maüe
En pessant d'vant natte to ;
Y n'en devrinme tant fare,
Y gaignerin beune austant.   *bis.*

On lou fret tant d'effares
Qui n'en sront oüa contant ;
Mo Papa è jeuriet per set foy
Qui lou freu beune payet.   *bis.*

SCENE I.

LOULETTE, NANETTE.

NANETTE.

J'A benne dit q'les conseils attin boins & honnêtes,
Et qu'ine manqreume d'agy, Coscine let eune
　　bonne tête,
Quet qu'on d'jeusse qu'in co d'heiche y aye sa in
　　priat troü ;
Ine lame queud benne saoüet les choufes, je veuran
　　toü,
Comment queul Malin Coure pouret stiriet d'effare,
J'évant des boins émins, jeuf-zen répond.

SCENE II.

LOULETTE, NANETTE, FLIPE,

FLIPE.

T Arare !
Ifle maque ma foy bien d'vo & d'torto vas émins.
NANETTE.
Quaffe que staute let berbaiiille ? je creu qu'lat d'jet
　　plien d'vin ;
Aiprache, quaffe queutte raisonne.
FLIPPE.
Natte Demoifelle, je chante.

N A N E T T E.
Vettant chanté éilliou, je fu foule de t'entente.
F L I P P E.
Perdit vaiveu ragon, afque je n'oufreu chanté?
Natte Mafte rr ot let permin, veume roüateu d'trevé
Slet n'empeichreimejet ma foi que jeune chanteuffe
J'en fçay eune bonne qu'on dit.
N A N E T T E, *en lui préfentant le poing*
Garre que jeune tot mocheuffe

F L I P P E, *chante.*

Voulez-vous fçavoir l'Hiftoire
D'un Compagnon Marichal
Qui s'en alloit voir Ourfelle
Sans fonger à aucun mal;
Et quand icelle l'apperçut,
Luy donnit du pied au cul,
Allons hay, gay, ha, &c.

N A N E T T E.
Flipe, vieutte to cougiet, te t'en r'pentiré.
L O U L E T T E.
Cofeine, quaffe qui ly faut? y baille tot comme in vé
N A N E T T E.
Lat fi plien d'vin qui creuve, let eftu en natte cave
Tantôt leret let danfe, lo caquin, je creu qui rave
De fare ces moriges let, d'met veye je ne la vû
Dedans in sfrat étet, y faut qu'len aye mou bû.

SCENE III.

OURSELLE, FLIPE.

OURSELLE.

FLIPE, ne m'éprache met, te sent l'vin è pliene
boche.

FLIPE.

Et tet neume raisonne met, ou j'to beilra taloche.

OURSELLE.

Vieutte t'en allé, to dis-je.

FLIPE.

Et j'nen vieu rien fare, met.

OURSELLE.

Yvrogne, si teune t'en va, natte Matrasse lot serat.

FLIPE.

O! teune sreume si méchante; bage mot.

OURSELLE.
Vettant

FLIPE.
Chten preye.

OURSELLE.

Je n'en fra rien, sauve tot, car Nanette at focheye,
Let vasse.

FLIPE.

Edu, j'en vas, kieur pus duche que don fé,
Pu qu'teum tratteye en let, vettan, t'en r'pentirez.

SCENE IV.

NANON, NANETTE.

NANETTE.

MAnMAN, vlet met Cofeine, qu'en va mou
　　en coleire,
La cheigrine & tote bliave, comme fi eulle forteu
　　d'terre ;
Eulle bra tot imaju , jeune let pieu répagiet.

NANON.

Quaffe que let , l'cher Affan , ne fereu-je faoüet flet ?

NANETTE.

So Galant let quitté , l'Malin Coure en a caufe ,
Sa lu qu'len eft d'gotté , ma l'en boiret let fauce ;
Monfieu d'let Rune met dit qui ly joureu quéque tot,
Lat allé confulté ; mas j'entends Mitonno ;
Manman , hoüyeulle in poü , d'fet veye , ni deuffe
　　n'âge ,
Y net étu fi foü.

NANON.

　　　　　　Sa qu'en fayant let page .
Je ly a tot perdonné l'mo quine zéveu fa ,
Et fi je ly a beillet don vin in mou boin trat.

NANETTE.

Jatteu beune étonnaye !

SCENE

SCENE V.

NANON, FLIPE.

FLIPE

O! ma foi, j'ſçay mou yaque,
Je viens deume rencontré évieu vatte Compere Ja-
ques,
Y met dit que.....

NANON.
De quet?

FLIPE.
Ma foy j'nen ſçay pu rien;
Etendeu que je raveuſſe; ho, ho! y men ſovient,
Y met dit que...... lo dial ſeu d'met mémoire;
Ha, ha! ſat qui met dit qu'on eſt fa eune Hiſtoire,
Su natte Maſte, let Fémille, ſu Nanette & ſu vo,
Et qu'on n'em épargnet vatte Monſieu Mitonno;
J'y ſu peint tot deum longe évieu in freuglion d'fo-
che,
Je r'ſanne comme dou gottes d'aoüe, dit-on, in
moinou d'oches;
Per ma foy mo vlet beune, évat in poü d'Létin
Que j'ſçay; & vot quan d'jeuſe?

NANON.
Je dit qu'ſat in Caquin,
Scitlet quet fa l'Hiſtoire.

FLIPE.
Alleu, alleu ly die,

C

Sat l'Malin Coure , Matraſſe, que let fa , ſnam pot
    rire
Torto ſou que jeuf dit , car per ma foy ſat vra.

N A N O N.

Y faut dont envayet cherchet Gliaude.

F L I P E.

Set, gy va.

S C E N E   V I.

N A N O N, *ſeule.*

O Monſieu l'Malin Cor , veveu fa eune Hiſtoire
   Veuf zan vanteu pertot po en aoüet l'et gloire,
Jeuf jeure que veul payereu , & qui n'iet point d'per-
    don ,
Jeuf zépanra in poü d'eune fare insfa effront ;
Vatte boche en pâtiret , jeuf cherchra eune rancune
J'en panra boin conſeil , ma vaſſe Monſieu d'Le
    Rune ,
Y ly faut in poü dire ſou qu'eume vient d'érrivé.

S C E N E   V I I.

N A N O N ,   L E T   R U N E.

N A N O N.

B Oinjo , Monſieu d'Let Rune , chſu mou age deu
    veure.

L E T   R U N E.

Madame, je vous ſuis Serviteur très-ſincere,
Avez-vous quelque choſe à me dire ou à faire ?

Je suis tout disposé à vous y bien servir,
Et ce sans intérêts, j'aimerois mieux mourir,
Que d'avoir pris un sol pour vous rendre service.

NANON.

Ho! vatteu trat genty, seuf freu fare injustice,
Que d'en creure autrement.

LETRUNE.

Ha! je vous en réponds,
Me donner de l'argent, c'est me faire un affront.

NANON.

Monsieu, monteu en haut, j'envaye épellé Gliaude,
Jeuf zépanra in poü don Malin Coure let fraude.

SCENE VIII.

OURSELLE, FLIPE.

OURSELLE.

HOüasse queutte devient en let, qu'tat si échau-
fiet?

FLIPE.

Je viens d'cherchet nat Maste, n'atime venin tosset?
Jeune lo sereu trevé, anspendant natte Matrasse
Ly voureu beune pâlé, po ly dire que....

OURSELLE.

Lo vasse.

SCENE IX.

FLIPE, OURSELLE, GLIAUDE.

FLIPE.

NAtte Mafte alleu en haut, on vzétan imaju,
Jeuf cherche de tot côté oüaffe que véveu
étu ?
Dépêcheuve, natte Matraffe eft des fcrets ef dire.

GLIAUDE.

Qué fcrets ?

FLIPE.

Vlés entendreu, fnam ma foy po rire.

OURSELLE.

Flipe, dime in poü fouq fat.

FLIPE.

O ! fret pot eune aute fois.

OURSELLE.

Chten preye, botte mo kieur, dime lot & t'fré ba-
giet.

FLIPE.

No mérirange enfanne, Ourfelle, mol vieut pro-
matte ?
Ma foy, jeutte lot dira.

OURSELLE.

Que ta fou.

FLIPE.

Que ta fatte ;
Hé bien teune fairé rien.

OURSELLE.
>　Venant jeutte lo promat.

FLIPE.

Et met jeutte fa farman queutte n'en féraime in mat.

SCENE X.

GLIAUDE, LET RUNE, NANON, NANETTE.

GLIAUDE.

SEt, fet, en vlet effez, que j'attans mal en chance,
On pafle de not en let, r'oüateu qué médifance,
Nemeu qu'men qui faut êtes, per ma foy il payeret,
Je n'en a qu'trat ouï, je porchura l'Procès ;
Alleu, Monfieu d'let Rune, alleu draffiet let Rquête
Au nom d'let Faimille.

LET RUNE.

>　Monfieur, j'ay dans la tête,
Certains tours de Palais, pour le faire enrager,
Je vais inceffamment la Requête dreffer ;
Adieu, fans plus long-tems.

NANETTE.

>　Jeuf recommande l'effare ;
Fayeu beune fou qui faut, & ne l'épargneure oüare.

LET RUNE.

Mon Ange, mon Soucy, il me le payera,
Et de tous fes difcours il fe repentira.

NANON.

Qu'len feu fa comme vo d'jeu, ma j'en fu mou en poine,
Je dotte d'en vnin malaide.

SCENE XI.

GLIAUDE, FLIPPE.

FLIPE.

Vlet don blied qu'on aimoine,
Natte Mafte, en qué guernin lot foret y d'cherget ?

GLIAUDE.

D'chergeule dans lo ptiat, n'ly fairinve matte fans
  met,
Ja beune des autes effares, où qu'y faut que j'fon-
  geuffe ;
O ! maudit Malin Cor, je voureu queutte creuveuffe,
Qu'affa que j'tévan fa pot fochet conte no ?
Et t'en vnin infulté jufquet natte Mitonno ;
Je ta fa tant d'honneur, té tant bu dans met teffe,
Et fouche que ty boveu, on t'voyeu fare des effes ;
Porquet dont palé d'no, tot comme ten ay palé ?
Naite venin veure met Feille, que po let d'folé ;
Hun, fi taiveu beune fa, taireu évu met Cheirge,
Taireu étu exempt, fat in bé Privilége ;
Taireu évu don vin qu'eune taireu rien cotté,
Au lu quan t'en vieu boire, qui faut l'allé écheté ;
Quéque jo teu r'conachré qu'tay évû grand torre,
De palé comme tay fa ; fat bien t'nom Malin Coure,
Teu n'aime aimé natte Feille, boin Dieu ! qui t'en
  curet ;
Té manqué è l'amor, ma l'amor te manqret ;
Pot fare veure que fat vra, je vieut qu'Monfieu d'let
  Rune,

Quand l'Procès fret gaignet, feſſe chenot ſet fortune,
Je ly fra époſé met Feille, porvû qu'Nanon
L'aimeuſſe, qui fut es gré, car ſat in boin guéchon,
Met Feille m'obéïret, car je n'en ſu qu'trat chure;
Eulle mo deu ſreſpet let pet l'ordre de let neture;
Portant j'let vieu ſondé, p'ſaoüet s'nintention,
Et l'quel aſſe qu'eulle aime pu de torto les guéchons.

SCENE XII.

GLIAUDE, NANETTE, NANON.

GLIAUDE.

Nanette.

NANETTE
Pliaty, Papa!

GLIAUDE.
Eveuve des amorettes ?

NANETTE.
Des amorettes Papa!

GLIAUDE.
Aye, aye, des amorettes;
Veu feyeu l'étonnaye, en ſpendant j'ſçay bien,
Que vaimeu in guéchon, qu'a mou bé & mou boin.

NANETTE.
Saite, Papa, j'aime in poü, ma j'noſe quoſi vol dire,
Et coſe que quant j'y ſonge, jeume mat tojo au rire.

NANON.
Au rire, jor de met veye! çeune ſonmes des bégué-
telles;

Songeu qu'vatteu d'chandaoüe de let Rece des Manf-
    velles,
Et que veume payereu flet.

GLIAUDE.

Nanon, neuf focheure met.

NANON.

Gliaude, affe que don Mériege, on en raifonne en
    let !

GLIAUDE.

Jeuf l'aivoüe, ma lat janne, eulle ne fçaime les effares;
Quan veuf focheu an let, quaffa queuf voleu fare ?
Affe que veune voyeume beune qu'eulle ni fonge
    met en mo ;
Sat vatte Sanque comme lo mien, qué dial !

NANON.

O qué fleyau !

Set, fet, je ly perdonne.

GLIAUDE *à Nanette.*

Ambreffeu vatte chere Mere,
Prieu let que conte vot eulle ne feume en colere.

NANETTE.

Jeuf embreffe de tom kicur, vatteu met cher Man-
    man,
Neuf focheure pu conte met, ou je meurra.

NANON.

Jeuf zentend,
Vlet qua bien, ma auffet fçaicheu que je fus vatte
    Mere ;
Set, l'quel affe des Guéchons qu'vaimeu, y faul dire
    è vatte Pere ;
Nanette en ces choufes let, ine faut jéma menty ;
Snam por no, fat por vo.

N A N E T T E.

Manman , lat beune genty ,
On l'oüet eſſé ſovent dedans natte Bolangereye ,
Sa l'bé Monſieu d'let Rune , met chere Manman ,
  jeuf preye ,
De tâchet qu'eume Papa en feſſe peſſé l'Contret ,
Je l'aime on n'ſereu pu.

N A N O N.

Ho ! je l'aime beune auſſet ;
Les boillons qui met d'né pendant met malaidaye ,
Sront coſe que d'in boin œil jeul veura tote met
  veye.
Gliaude , je oüet beune que l'aime chuvant vas in-
  tentions ;
Sa ſtitlet q'pliade por no , ſat in genty Guéchon ,
Ine ly faume refuſé , por met j'en ſu contente ;
Y faut envayet querre nas Sieux ſans pu étente.

G L I A U D E.

Allons , j'en ſu jayoux.

S C E N E   X I I I.

G L I A U D E , N A N O N , F L I P E , O U R S E L L E.

G L I A U D E.

Flipe , hébilleuve vittement ,
Enforneu , & correu chez torto nas pairans ;
Ve lou direu qu'ſen vninſe , & qu'ſat Monſieu vatte
  Maſte ,

Que venvaye en cheu zou , tote & let pu grand hâte,
Sat pot mériet natte Feille ; veu lou direu auffet ,
Qu'fon vieut mériet Loulette, qu'lat tems d'y fonget.

A Ourfelle.

Vot Ourfelle alleuve zen treuvé Monfieu d'let Rune,
Veu ly direu qu'vatte Mafte ly vieut fare fet fortune ,
Qui s'en veigne au pu vitte , je vieu qui feu préfent
Po d'bette les airtiques ; qu'aimoineuffe fes Pairans ;
Les nattes vanron beune tôt , Nanon qu'on fprépé-
    reuffe ,
Et aites in poü jayoüffe , car je vieu qu'on dan-
    feuffe.

NANON.

Jeul prétend beune auffet.

    GLIAUDE *lui tend la main.*

Allons, tocheu en main.

Nanon touche dans fa main. Gliaude lui ferre , & dit :

Slet a fa , j'en danferan eune mou bonne dance de-
    main.

*Il s'y fait icy un interméde pour donner le tems à
Mitonno d'aller avertir les Parens. La Scene eft chan-
gée en une Chambre meublée bourgeoifement , où qua-
tre Sergens de Ville danfent en Manteau de cérémonie ,
avec leurs Baguettes en main ; trois de ces Sergens fe re-
tirent après avoir danfé, le quatrième qui eft Gliaude,
refte pour recevoir les Conviez qui arrivent fous la con-
duite de Danger , qui prend la parole au nom de tous.*

SCENE XIV.

TROUPE DE PAIRANS.

UN PAIRANT *à Gliaude.*

AScusé si j'entrons en si grande abondance,
Vatte Feulippe nous a dit qu'jallions aoüet al-
liance ;
J'en attons beune éyage, jeune zanvront à Chasté ;
Ma foi, j'en boirons mou.

GLIAUDE.

Lo Contrat name peisé ;
Ma portant essieuteuve, & pu chpalran d'effares,
Ja envayet Ourselle épellé natte Natare ;
J'en ylan inque que saiveusse souq sat d'ses effares let,
Qua d'panre eun ignarant, y poureu n'zenbroüillet ;
Ja torjo oüy dire em Pere & è met Mere,
Qu'laivin étu runé en pessant l'sou deume frere,
Pet let faute de l'Aimant qu'eune saiveume bien
somty.
En vasse inque.

SCENE XV.

TROUPE DE PAIRANS, GLIAUDE,
LO NATARE.

LO NATARE.

SErviteur, ça, de quoi s'agit-il ?
Est-ce pour un Contrat, ou de vente ou d'échange ?

Rétroceffion, tranfport, Proteft, Lettres de change,
Ceffion, Bail, Traité, ou Obligation,
Argent à fond perdu, ou Conftitution,
Teftament, Codicil . . . .

   G L I A U D E *lui met la main fur la bouche.*

       Monfieur, natte Pairantaige,
Set effembliet toffet, pot fare in ptiat mériaige;
Je vlon mériet natte Feille, & leye auffet l'voureu;
Monfieu, peurneu vatte plieume, & j'van preye
   écriveu :
Je n'évan queuf t'affant let, de vingt - treuze ans
   d'mérieige,
Je vlon ly dné eune homme, que poffedeuffe eune
   Cheirge;
Stitlet qu'ly fa l'amor grand choufe y n'efpere met;
Ma'fla beune genty, jeul vieu fare Dozomiet,
Jeul vieu fare Sergent de Ville, y fret exempt d'lo-
   gement;
Y diret comme je dis, tot a aimien cet dans.
Item. Je ly promat queud dans natte Bolangereye.
En quet qui feffe époint, deul nurry tote fet veye.
Po met Feille fet Manman ly beilret in jaferon,
Qu'jaicheteu aux focres en Maye, pud coüetrevingt
   Techetons;
Let fomme de chix mille frans, que j'ly beilran pfet
   datte,
Vret en Communauté, Monfieu, vol poleu matte.
Et l'égard de fnétet j'vieu qu'eulle lo porteuffe
   haut,
J'ly beilra in colliet, & dou breffelats d'corau;
Néanmoins je prétend qu'fet Chambe étoffaye,
Etvieu in lit guerny, ly d'moureuffe réfervaye,

De flet comme de fes jauyes , matteu qu'eulle difpo-
    fret ,
En faveur de ftitlet , que boin ly fembleuret ;
Ou qu'feul meure fans affans procrayets d'zoutte
    Mérieige ,
L'en pieu d'né let moitié è fnomme , fi la beune
    feige ;
Si let trateye époint , j'entend , car aujordu ,
Eune quantité d'jannes gens , vont perde zoutte bien
    au ju ,
Et pu y rveigne foty pot fare lo dial è coüette ,
Y maltrateyent eune fomme , & fovent let veüillent
    bette ;
Mot pore affant meurreu , fi l'éveu don cheigrin ,
Si j'men éperceveu , je lét freu to rvenin ;
Snam que je doteuffe folet , lot Guéchon at hon-
    neite ;
Y péret beune genty , lat boin , ma y pieu aite ,
Qu'ine freume de bonne humeur éprès qui fret
    mériet ;
Y fa tojo boin panre des précautions en let.
Etvieu flet je lou beilra eune belle dozaine d'effiet-
    tes ,
Coüette chires , chix lincieux , chix pliets & chix
    belles neppes ;
Je ly prépare encas eune guerniture de lit ,
Que jou pet Succeffion deume n'Onclin Razelly ;
Y meureut è l'Eptau d'eune méchante malaideye ,
J'en û évû bien d'laute , fi l'eût étu en veye ;
Je lou beille mo Jerdin , que git fus les Ramparts ,
Que j'échety treu cens frans , conte lo nommé Pilla ,
Il y crat des Cocombes , il y crat des Citroilles ,

Let terre y a ſi bonne , qu'il y crat des andoïlles ;
Il y eſt eune rang d'cachons , ſat au moyen de ſlet
Qui ly crat des andoïlles , Monſieu , pot l'échuriet ,
Monſieu , matteu en cas , que je ly beilra met Feille ,
Chuvant qu'ſet qualité permat d'fare let Dmoiſelle ;
Je n'épargnera jetma , d'ly beillet ſqui ly faut ;
Ma parlant , je van preye , Monſieu de ſes joyaux ?
Qu'aſſe qu'on pieu d'mandé , deujeume lot en con-
    ſcience ,
Dou cens écus Meſſins , aſſe trat ?

L o N a t a r e.

                        Non , patience ;
A combien peut monter ce que vous lui donné
En Meubles & en argent ?

G l i a u d e.

Monſieu , ſlet pieu monté à nieu mille frans tot
    juſte.

L o N a t a r e.

                  He bien , il faut qu'il donne
A la future Epouſe , arrêté ….. qu'elle ſomme ?
Douze cens frans Meſſins pour bagues & joyaux.

G l i a u d e.

Allons , jeuf ſçay boin gré , ſat palé comme y faut ;
Ma d'jeume enca in poü , ſif pliat , Monſieu l'Natare ,
Ne ſreutime è propos d'ly d'mandé in Doüarre ?

L o N a t a r e.

Monſieur à cet égard elle a le Coûtumier.

G l i a u d e.

Jeuf zentend , vlet déjet que va beune anchquelet ;
Au raiche , vo ſaiveu bien , Monſieu , queul Malin
    Cor ,
A ſa des vers ſu not , qui nous font beune don torre ,

Po en tiriet vengeance, on liet fa in Procès;
Monfieu d'let Rune met dit, qui freu beune tôt gai-
    gnet,
Et qui s'en porteu fore, porvû qu'on promateuffe
D'ly beillet met Feille, fleriveu qu'il gaigneuffe;
Jévan tochet en main, ma finne lot pieu gaignet,
Matteu in poü, fif pliat, que je peu caffé l'Contret.

SCENE XVI.

LES PAIRANS, GLIAUDE,

OURSELLE *qui vient de chercher la Rune.*

GLIAUDE *à Ourfelle.*

HE' bien, vien ty?
             OURSELLE.
                  Vaffe Nanette que l'émoine;
Ma d'jeume in poü, fif pliat, mot peyeret ty mes
    poines?
Ou freffe vot pot les pets, & les m'faiges que ja fa.
           GLIAUDE.
Et beune pot récompenfe, Ourfelle, jeutte mérira;
Ja dou vieilles chires de peille, eune heuche & eune
    omare,
Queune no ferve pu de rien; chten fa don d'vant
    Natare,
Je fçay queuf v'aimeu beune vas dou Flipe Mironno;
Don Feichetin d'natte Bacelle, jeuf promat les rlicots,
Po tratiet vas émins, que vront è vatte condutte;
Je payera deume n'ergent & les violles & les Hutes.

Icy se dit une Chanson, sur l'Air : Laissez paître
vos bêtes, &c.

O Rece des Mansvelles !
    N'alleure pu pliadiet è let Corre,
Leyeu è vas Bacelles,
Lo mayen d'fare l'amorre ;
Quand j'aivan gaignet natte Procès,
    N'aiveuve met entendu pliadiet,
    Fetiq & enca Duvivier ;
    Inque pliadeu pot fare rire,
    Et l'aute fayeu lot breya ;
    Cheiquin smatteu ô dire :
    Cette Pliadreye set n'pliat oüa.

    O Rece des Mansvelles ! &c.
O qu'il y éveu d'gens rémessez,
    On n'si poleu cosi r'moüé,
    Pu d'sept y ont pensu creuvé,
    Pendant treu Audiances,
    On zy soüeu, on zy breuleu d'chau ;
    Je focheune quand j'y panse,
    Solet n'zet fa mou d'maux.

    O Rece des Mansvelles ! &c.
Dauger so d'moineu comme in fou,
    Lot poure let Rune atteu hontou,
    L'éreu beune volu eites eilloux,
    L'atteu évat set Roube,
    Queusse coüécheu derriet Spraqueroux,
    Comme in Soudare que d'roube
Don Tobec chez Patrou.

Fin du troisiéme Acte.

ACTE IV.

ACTE QUATRIE'ME.

SCENE I.

GLIAUDE, NANON.

GLIAUDE.

Nanon, fat cette foi set qu'vaireu eune bonne
　　novelle,
Queuf rendret beune jaïoüse, aufbeune que vatte
　　Bacelle ;
Slet let fret mériet.

NANON.

　　　　O ! Gliaude quasse queuf deujeu ?
Asse que jévant gaignet natte Procès ?

GLIAUDE.

　　　　　　　O ! jeul creu.

NANON.

Mon Dieu, que j'su jaïoüse, & que veume rendeu
　　eiage ;
Je oüet beune cette foi set que je vivran en page.

GLIAUDE.

Les tors & les détors, qu'eul Malin Coure est joüé,
Ne lyont servi de rien, let fallu écordé ;
Ja beune évu don mau pot tâchet deul rédure ;
Ma j'en a vnin au bout.

　　　　　　　　D

N A N O N.

                    Aye, ma flet a ty chure?

Je connas l'Malin Coure, let peut efte fa fanblian

D'écordé évieu vo, & évièu vas Pairans,

Pot tâchet deune trompé ; jeune l'ofreu creure.

G L I A U D E *lui montre un papiet qu'il tire de fa poche.*

Fomme, fi veune lo vleume creure,

Vlet portant in popiet, l'en deu payet les fras.

N A N O N.

O, beilleume lo, jeuf jeure que j'lencheffra,

Dedans eune boëtte d'ergent, comme eune pierre de colique ;

Ma pol fare veure aux gens, matteul en natte botique,

Yniet péchoune qu'eune feiche porquet q'jévaa plia-diet ;

Je vieux qu'on feiche auffet queul Procès at gaignet.

Lo poure Monfieu d'let Rune at in Guéchon mou feige,

Je creu queuffe t'effare let ly eft moü dné d'ovrége ;

Ma jeul récompenfra, fi beune qui fret content,

Car jeul roüatte déjet comme fi s'atteu m'naffant ;

Lo Contret at peffé, y faut l'ienvayet dire,

Qui veigne po épofé natte Nanette que fopire ;

Eulle voureu jet l'aoüet, je treuve que let rajon,

Laye at eune belle Bacelle, lu at in bé Guéchon ;

Sat let pare tote treuvaye, y s'aiment beune linque & l'aute,

Mériant les dont enfanne, & dnan conget aux autes ;

Allant les évertis, les poures petiates jeannes gens.

G L I A U D E.

Allans, je lou fran pliagy.

SCENE II.

OURSELLE *seule.*

IL y éveu d'jet long-temps
QueuffeProcèslet traineu, ma j'en fus moü haoüroufe
Que l'aivinfe écordé, folet me rend beune jaioüfe,
On mériret natte Nanette, fe fret pet s'mayen let,
Qu'aivat Flippe Mitonno, om mériret aufet ;
Jeume fovient don préfent que natte Mafte mo deu
　　fare ;
Sa dou vieilles chires de peille, eune heuche & eune
　　omare,
Pot adiet em meublé, flem vanret beune époint,
Je tâchera qui beileuffe è Flipe fot vieutporpoint ;
Lo vaffe évieu Nanette, y ly pafle en l'araille,
Quaffe qui ly pieu dire, fnam grand choufe que
　　vaille ;
Ecoutanle.

Elle fe cacho à un coin du Théâtre.

SCENE III.

FLIPE, NANETTE.

FLIPE.

O! Aye ma foi, fat vra fou que jeuf dis.
NANETTE.
Quiaffe queutte let éprin ?

F L I P E.

> Vattin enca on lit,
Quand vatte Papa è vnin pot paſlé & vatte Mere,
Quatteu tote ennaïeïe , pot ly dire lo michetere ;
J'écouteu ſou qui d'jin ; natte Maſte ly d'jeu en riant,
Que vatte Coſeine Loulette rétrépreu in Galant,
Et queulle ne breyeuſſe pu ; j'oyeu paſlé d'écords ,
Je mépanſeu tot auſtaü qu'ſatteu don Malin Core,
Qui paſlin, j'les éprache, natte Maſte ris dreute è met,
Flipe , dit-y tot haut , j'évan gaignet l'Procès,
Vétant l'dire è nas Sieux , paſle-zen & natte Nanette ;
Evertit tot chéquin , ma n'obleye met Loulette ;
Dil è torto nas v'gins , & échure lou qu'ſat vra ;
Ja corÿ dreute è vos , tot comme pot toüé pierra,
Vol dire & vſare ſovenin, queul Malin Core épreigne
Et vépellé Nanette , & non point eune Ereigne ,
Ni dire que vatte Coſeine , rſanne in Loup Cerviet ;
Et quine s'éviſeuſſe pu de m'épellé Sorciet ,
Ou beune , pet let ſendial , y cheuret d'ſo mes griffes ;
Je ly fra veure in jo , ſi ſchu eune O en chiffe.

N A N E T T E.

> O ! que jeatte ſçai boin gré , Flipe , ta mou genty ,
Deume dire des sfates novelles , queume rode diu
> > grand ſocy ;
J'éveu tojo dotté , que jeune gaignrin d'natte veye ,
Et que ſlet ſreu let cauſe , que jeune ſreume mérieye ;
Lo mat queume Papa éveu fa matte dans l'Contret
Aireu torto gâté ; ma te voüet beune auſſet ,
Que ces méchants mats let , ne ſont pu néceſſares ;
Où eites leyet nas gens ?

F L I P P E.

> Y ſont en haut qu'paſlent d'effares.

J'men vas, cas y m'ont dit que jeune peurdeuſſe point
    d'tems,
D'évertis vatte Coſeine, & torto vas Pairans,
Que vninſent po s'ranjay, & ja cheirge de lou dire,
Quiſſe prépérinſent tortus è danciet & è rire.

NANETTE.

Vettant, j'vas les treuvé.

SCENE IV.

OURSELLE *toute ſeule.*

JE ma beune épanſé,
Que s'atteu don Procès, que Flipe ly vleu paſlé,
Eulle neulle maudiret pu, y let rendu jayoüſe,
Car y liet énonciet queulle ſreu tot Praqerouſe,
Let vlet qu'a ſi jaïouſe, queulle ne ſçait ſou queulle fa,
Eulle core dreute è natte Champe po rmerciet Spa-
    pa ;
O ! j'veuran comme eulle fret pomme beillet récom-
    penſe,
Des pets q'ja fa por laye, je ſreu beune mal en chanſe,
Si j'néveu tot au moins, cinquante ou ſoixante
    frans,
Evieu ſquon met preumin, & natte Flipe auſtant ;
Ma j'conte peut ête ſans m'nôte, lat tras évariciou-
    ſe ;
Eulle n'eſt oüate deume tant dné.

SCENE V.

OURSELLE, LOULETTE.

LOULETTE.

Ourſelte, que j'ſus haoürouſe,
Je viens d'rencontré Flipe, que core dreute è cheu-
  nôt ;
Y met dit eune novelle, queume déchairge de mou
  d'maux ;
Dime in poü ſi ſat vra, & ſi s'nat point d'mentreye,
L'Procés a gaignet, dit-y, botte chten preye,
N'men fare pu dotté, aîchure mot ſi ſat vra,
Que je l'éprenne de tet boche, & jeut récompenſra.

OURSELLE.

Lat tot comme y vlet dit ; natte Maſte & natte Ma-
  traſſe ,
Vont envayet cherchet pot vol dire ; ma les vaſſe,
Veu l'épanreu mieu d'zou.

SCENE VI.

LOULETTE, GLIAUDE, NANON.

LOULETTE.

Mon'Onque, hé bien, l'Procès,
Flipe dit qu'lat ſiny.

GLIAUDE.

Lat gaignet haut les brets.

LOULETTE.

O ! quiaſſe que laireu cru.

NANON.

J'envayant querre vatte Mere,
Po li dire que s'en veigne, car ſat Gliaude & vatte
Pere
Quont écordé l'effare.

LOULETTE.

Saites je m'en v'neu cheuvot,
Tot comme ja rencontré vatte Flipe Mironno,
Qu'atteu tot en freuchet, qu'alleu comme in forſare,
Y met dit queuf dejin, que je ceſſeuſſe d'en brare,
Que j'aireu in Galant, qneume vanreu quaireſſé ;
Jeuf ſu mou oblijaye, & j'ven ſçait mou boin gré.

GLIAUDE.

Layant les complimens, ne palant pu, Loulette,
Alleu dans natte cochelle, veu palreu è Nanette,
Monſieu d'let Rune y at, il fauret rmerciet,
Y n'zet mou beune ſervy, dans ſmaudit Procès let :
D'jeu ly, ma y vient, que j'ly paſleuſſe met même.

SCENE VII.

GLIAUDE, LET RUNE, NANETTE, LOULETTE.

GLIAUDE, *à Nanette.*

Alpracheuve de conte met, vaſſe enca vatte Co-
ſeine ; *Parlant à let Rune.*
Où aſſe que vatteu, v'neuf-zen in poü toſſet,

Valet met Niéce qua vnauë, fa pof remerciet
Des foins qu'vaiveu évu por leye & plet Feimille,
D'aoüet prin l'fat en caufe, & d'ranget insfa Drille;
Afcufeu feule neuf fame in poü pu d'complimens,
Eulle vot trataye déjet comme inque de fes Pairans.

L O U L E T T E.

Sat vrai fou queuf dit m'Nonque.

L E T   R U N E.

Ma chere Demoifelle,
J'ai fait ce que j'ai dû, vengeant votre querelle,
Et voudroit pour beaucoup trouver occafion,
De vous rendre fervice.

N A N E T T E.

Coujeuve, petiat mignon,
Jeul faivan beunetortu, vnéveume befan d'nol dire,
Veune l'éveu qu'trat fa veure, j'airin meuri mertire
Sans vot, & fif n'aivinme pliadiet comme véveu fa;
Vaiveu évu dlet poine bécoü, jeuf l'évoüra,
Ma auffet v'mépofreu, ce fret vatte récompenfe.

L O U L E T T E à Let Rune.

D'apofé ma Cofeine, fna pas aite mal en chance;
Ma vol mériteu beune, vavé tra bien d'efprit,
Vo-atez bé guerfon, bien fa & beune genty,
Nat Feimille vo aime bien, & dit qu'vatté beune
      feige,
Que vavez l'ar de fare quéque jo in mou boin
      mneige;
Vous n'ateime in dpénou, vnaleime à Saint Julien,
Comme font bécoü d'guéchons, que vont d'pané
      zoutte bien;
Vous atés pu rtenin, je favons beune vatte veye,
Ma Tante la dit cent fois; ma, Monfieu, je vous preye

Dite mo in poü, ſif pliat, comment qu'ſot Procès let
Et étu écordé, jeul voureu beune ſaoüet.

LET RUNE.

Venez, vous le ſaurez, entrons dans cette Chambre,
Et vous verrez un peu, ſi je ſçait entreprendre
Un Procès, le pouſſer, & vigoureuſement
Défendre ma Partie, & gagner les dépens.

SCENE VIII.

FLIPE, OURSELLE.

FLIPE.

HA! boin jo, comment t'pourte tot?

OURSELLE.

O! aſſe tet, Flipe?
D'où aſſe dont queutte devient?

FLIPE.

Ma foi je viens d'fare let fripe;
Natte Maſte met envayet cheu torto ſes pairans,
Po lou dire que l'aivin gaignet évieu dépens;
Tot auſtot qu'ja entré en cheu ſet Sieu Zaubette,
Teu let connat, Ourſelle, ſat let Mere de Loulette,
Let corrin dreute è met évieu in grand Bechin,
Queulle teneu en ſet main, & tot réſant plien d'vin;
Evalle, dit-elle, ſolet, je ſçay po qué effare,
Que tat vnin en cheu not; ma j'nen a vlu rien fare,
Queulle n'aye bu let premire; je ly djeu éprès vo,
Botteu jeuf fra rajon; ô! ſourte dont fieu d'cheunot,
Si teune vieume boëre; enfin jeul prend & ſeu j'lé-
   valle

Tot din tra, fans me rpanre ; ja peurdu let péralle
In gros quatt d’hour entiere, éfouche queul béchin
    t’neu.

O U R S E L L E.

Sat don in mou grand beuchin ?

F L I P E.

        O ! fandial, je voureu
Que t’aye étu tolet, t’éreu vû des belles choufes ;
Je homeu.

O U R S E L L E.

   Je oüet flet, t’évalleu comme aoüe de rofe
Les gadlayes qu’ont beilleu.

F L I P E.

       A ! ma foi, chten répond ;
J’boveu è met fanté, & jeume fayeu rajon ;
Je reiiilleux in taqré d’in gros jambon de Meyance,
Que meffeuleu fans ceffe, & mrempligeu let pance ;
Latteu falé comme tot, l’poive qu’atteu pedfu,
Met fa rinfiet m’gafiet, pu dfoi que j’nereu vlu ;
Ma foi, let fieu Zobette, at eune belle & bonne
    Fomme ;
Eulle met fa boëre tom foü, je treuve qu’lat mou
    bonne ;
On diret fquon vouret, ha let ma foi d’lefprit ;
Je voureu qu’ten aye auftant. J’tot.

O U R S E L L E.

      Flipe, je creu queutte ry ;
Set don, neutte vieutte met tnin.

F L I P E

   Lame fare quêque galantreye.

Eprache.   O U R S E L L E.
  Neume ferfoille met.

F L I P E.
> Botte, Ourselle, chten preye.

O U R S E L L E.
O! qu'tat importun, quan té dou oüerre de vin.

F L I P E.
Si jeutte bage de met veye, dis que j'fus in caquin.

S C E N E   IX.

O U R S E L L E, *seule.*

S At beune vra qu'ceinture daraye,
Ne vaume tant que bonne renommaye;
J'aiveu d'lamor pot Mitonno,
Et ly a tant dfoi tindu squovo,
Tant dfoi adiet è fare set pâte,
Tant dfois empêchet qu'natte Mafte,
Ne ly beilleuffe des cods d'battons;
Et y s'en vient, l'maudit foulon,
Mo dire que jeune fra pu bagieye,
Et quine mo quéreffret dfet veye.
Vlet let récompenfe que j'éra,
Pot tol bien que je ly a fa;
O! boin Dieu, que jfchu mal en chance,
Queuche fu malhaoüroufe quand j'y panfe,
D'aoüet aimé insfa guéchon,
Qua tojo foü comme in fripon,
Er brutal comme in chfo d'caroffe,
Qu'en let don vin dans fet caboche.
Teu dis que teune mot vieu pu bagiet,

Putot in bringeu pot tranliet ;
Seute fratte pu t'gron de conte mo vſaige,
Je ſus ſoule deutte maudit raimaige ;
Ma foi, jeune tot ſereu pu aimé,
Seu ta ſoü, vettant bette lo tonné.
Eprès tot, y faut qu'jeume focheuſſe ;
Vétan, je voureu queutte creveuſſe,
Maudit marot, maudit gliarioux,
Vſaige de creuque, oüet gron d'hibou ;
Jeune to guernira pu let pache,
J'évalreu putoü d'let mérache,
D'vant que j'tot beilleuſſe d'lergent,
Po allé boëre è tot moment,
Comme teu fayeu, modite borique,
Quand je peurneu oüarte è té botique ;
Quiaſſe qu'éreu jéma cru ſlet,
Don tems que jeume panſeu mériet,
Qui ly deu vnin des sfates effares,
Queume font tant houïet & tant brare.

S C E N E X.

G L I A U D E , F L I P P E.

G L I A U D E.

A Ite étu tot per tot, Flipe ? aite éverty,
Nas Pairans, nas émins, les ſou que j'taiveu
dit.

F L I P E.

J'na roubliet péchoune, ma portant véveu tor.

G L I A U D E.

Et porquet;

F L I P P E.
Y faleu fare dire au Malin Coure,
Que veigne è vatte feichtin.

G L I A U D E.
Roüaté l'effronté,
Seufe n'atteu po in poü, ma foi t'éreu fus l'né,
Quiaf-ce, dit, maudit fou, queutte beille let herdieffe,
Deume pâlé din guéchon qu'eune zet tant joüé
d'piéces,
Et deume dire que jeul feffe priet è natte fechtin;
Dit, aites perdu l'efprit, dit maudit caquin,
Vettan fieu de dvant met, vettan preuty té pâte;
Hé bien, l'impertinent.

F L I P E.
Comme veuf focheu, natte Mafte,
Si vaivin étendu que j'aye paffé tot éfa,
Vo n'airinme, per ma foi, hoüyet comme véveu fa,
Au contrare, je fu chure que

G L I A U D E.
Quaffe queutte vieu dire?

F L I P P E.
Qu'au lu d'fare lo d'moniaque, veu vérin min au
rire,
Quan ja dit qui faleu épellé au fechtin,
So drole let queuf dejeu, qui vet tant dné dchégrin,
Satteu pot l'étrillet dedans natte Bolangereye,
Ou beune dans natte gringeatte, & lbette pendant
eune heye,
Et cods d'roille & dfreuglion, l'matte neure comme
in Gé,

Les brés & l'eichetoméque , & ly d'cheuriet let pé,
Et pu lfare en allé lo rcondure deſſu leuche ,
In oüere de vin en main , eune aulle , ou beune eune
    queuche ,
De polet ou d'pigeon , ly dire : édu Monſieu ,
Eune aute fois queuf yanreu , onf tratret in poü
    mieu.

G L I A U D E.

Té rageon , ma auſſet , te oüet beune ſi jeul preye ,
Ine ſrem ſi fou d'y vnin , l'en fret cas eune raille-
    reye ,
Y creureu qu'jeul dottant , ſi jeul preye è ſopé ,
Y vaut bien mieu ſteunin , héza d'neul pojnt
    fraté.

S C E N E XI.

OURSELLE, GLIAUDE, FLIPE.

O U R S E L L E.

NAtte Maſte , veneu , ſif pliat , natte Matraſſe
    vos épelle ;
Vlet déjet d'vas Pairans que ſont vnin.

G L I A U D E.

          Ecoute , Ourſelle ,
Leſquels aſ-ce ?

O U R S E L L E.

       Sat vatte Pere & l'Onclin lo Bliangy ,
Deudiet , let ſieu Quetlon , vatte beaufrere lo tonly ,

Let fieu Zaubette, fo Nvou, & Medmoifelle Lou-
　　lette,
Vatte Frere lo Cordonniet, & fcompere let fevette
Sept ou hutte grand Monfieu, on n'étend qu'éprès
　　vo ;
Hâteuve è vnih.

GLIAUDE.

Chuve'ume, & vo Flipe Mitonno,
Hoüerdeu natte Bolangereye.

SCENE XII.

FLIPE, OURSELLE.

FLIPE.

Ecoute, écoute, Ourfelle,
Jeut voureu dire in mat, per ma foy ta mou belle !
Venan, fayan let page, & neune quérellanre pu.

OURSELLE.

Jeul vieu beune, ma venraites torjo hur lu beur lu.

CINQUIE'ME ET DERNIER

ACTE

SCENE I.

GLIAUDE, FLIPE.

GLIAUDE.

Flipe, alleuve-zen vitement fare venin les Caro-
    ches
Que j'évan étu loüé de conte let rauë aux oches,
Valet nas gens qu'font vnin, déjet prats è monté,
Et d'pertit tot è lour, po allé è Chété ;
Seuf n'en pleu aoüet qu'treuche, peurneu quat eune
        chératte,
Et l'haquet don Cany, évieu zoutte grande broüatte;
Nas jeannes gens n'en peüillent pu, y meurent s'on
        les méreye,
Il yeſt treuze houres qui font d'conte natte Bo-
        langereye,
Que s'embreſſent & queuſſent bagent, on n'les pieu
        empéchet,
Y s'aiment & vourin beune qui fin déjet mériet,
Hâteuve, veune retrevreu dedans natte Champe en
    haut.

FLIPE.

F L I P E.

Natte Maſte.

G L I A U D E.

Hein ?　　　F L I P P E.

Vo ſovneuve d'let heuche & des rlicots ?

Veume les éveu promin , jeume faye è vatte peralle.

G L I A U D E.

Neutte mamme en poine , tlés veuré plieure comme
　　gralle ;

Vient ſet , encas in mat , d'abord queutte ſré rvenin ,

Teu panré l'grand brat , & l'remplirez plien d'vin ,

Don ſou qu'at conte les jeuttes , don répé des pintes
　　d'anches ;

Ma ſou que j'te recommande , ſat d'beune reſaré l'an-
　　ge ,

De paüe queulle ne gotteuſſe , & ſeutte panré enca

Les Oüyes que ſont plieumayes , évieu les treu gi-
　　gats ,

Les dou aipalles de Bocq , & lo Rna quat en pâte ;

Te les mattré ſus l'ché , & t'en vré tot en hâte ,

En peſſant pet Molin , Flipe , dit è Maſte Deudiet ,

Queutte beilleuſſe des oüettés , tient , vlet ply peyet ;

Ourſelle panret natte jau , chix raiſu , coüettes cha-
　　oüattes ,

Chix blians mantés , coüettes oüyes , dou quaines ,
　　& chix doulattes ,

In rieu d'vé , dou pieds d'bieu , des tripes & don ta-
　　con ,

Dou lapins d'centfeüillats , & chix têtes de Moutons ;

Ine faut beune tortot ſlet , car jatans eune ſequante ;

Aitan , coüette , hutte , quinze vingt , ma foi , j'ſran
　　beune trente ;

E

Jairan foin dlet vaichelle , don linge , & des coutés ;
Y liet des oüerres tolet , j'en airan toü treuvé ,
Vettant , écotte , la vra , je creu qſeunne ſreume mau
    fa ,
Si j'en porteu mes teſſes ; qu'en dites ?

F L I P E.

Sat vas effares ,

Ma pu qui niet des oüerres , po qué dial s'en cher-
    get ,
Ine tien qué vo dles panre , veu freu ſan quif plia-
    ret ,
Jeune m'en d'ſime.

G L I A U D E.

Hé bien , l'eyans les , car peut ête ,

Permin eune ſi grande bande , quéqueune ſe pou-
    reu pede ,
In foreu pu que ſlet pome beillet don chégrin ;
J'aime mieux boëre dans des oüerres , on y oüet
    bien mieu l'vin ;
Vlet portan beune des grats qui faut que j'deupé-
    neuſſe ,
Pot mairiet natte bacelle , car y faut que j'trateuſſe
Les pairans , les émins , qu'on étu au Contret ,
Y vaignent qua è Chété , po les roüatiez mériet ,
Qué dial fare , ſat m'naffant , je l'aivan tote perleye ,
Eulle met eſſez ſervy dedans natte Bolangereye.

*Interméde , Gliaude , Nanon & tous les Parens s'en
vont à Chêté.*

—

SCENE II.

OURSELLE, FLIPE.

OURSELLE.

O U core to ? oüaſſe queutte va ? airette, jeutte
    vieu paſlé,
Nas gens rvaignent ty beune toü.

FLIPPE.

                Les vlet q'ſont airivez.

OURSELLE.

Quaſſe que té, ta fochet, venant in poü mol dire.

FLIPE.

Jeune lo ſu q'trat, ſandial, je n'a oüa ſujet d'rire,
Feye to en ca, feye to, aux belles promaſſes qu'ont
    fa,
Couje tot, ſat l'vente de met mere, je n'y rtornra
    jéma.

OURSELLE.

Quaſſa don ?

FLIPE.

  Hun, natte Maſte ne m'éveume ty dit : Flipe,
Quand met Feille ſret mériaye, téré d'quet fare let
    fripe,
Les rlicots deuſſe feichetin, te ſautront au colé,
Pot tratiet tes émins, & plés fare gambardé.

OURSELLE.

Tat mou mau en chance auſbien q'met.

FLIPE.

En ca ſi j'néveumc beillet péralle è mes émins,
Eſtoure ſet que vlet, que jeune lou ſereu pu tnin.

OURSELLE.

Couje-to, les vaſſe.

FLIPE

Je men dſi beune, qui veignent.
Si j'my mat jeul quittra, & lu & ſmeuty,
Y n'éret pu péchoune pot ſet pâte preuty.

SCENE III.

NANON, NANETTE.

NANON.

MAugré les fous, Nanette, que vépellin airai-
gne,
Vo vlet, vatteu mérieye, j'en atan beune haüroux,
Vatte homme a beune genty, ſat in boin Pracu-
roux ;
Quaſſat ? quan d'jeuve ? ſa ty boin aite mérieye.

NANETTE.

Sly fa boi, Manman, jeune léreu cru d'met veye ;
Jeune m'étonne met ſeite, & ſnam ſans cauſe, Man-
man,
Que v'aimeu tant m'Papa, & que veulle flicreu tant ;
Ho, ho, vo n'mo d'jinine tot ſou qles hommes ſai-
vins fare ;
Saite, ſi........

N A N O N.

Coujeuve, caquine, fnateume en cas è vo è fare
Deul faoüet; d'jeume in poü vcontenteuve de lu?

N A N E T T E.

Aye, aye, Manman, j'men contente, tot don longe
    de let nu,
Monfieu d'let Rune mo fliette, ine'ceffe de m'em-
    breffiet,
Pu ime dit des contes, ime vieu tojo bagiet;
Y m'épelle fon aigné, ime dit que j'fu mou belle,
Qui m'aime de tot fkieur, qu'ime fret tojo fidele,
Qui n'en vret point veure d'autes, comme bécop
    d'jeannes hommes font;
Qui dmourret conte met.

N A N O N.

    Saite, fat beune let rajeon;
Jeul prétend beune auffet, Nanette, que ly d'mou-
    reuffe,
Quif porteuffe don refpect, & je vieu qui vaimeuffe;
Sque je l'aivan pris, met Feille, fnam po fou q'lai-
    veu d'bien,
Y n'y eft péchoune è Metz, qu'ine faiche qui n'é-
    veu rien;
Snam que jeul méprifeuffe, au contrare fat ête feige,
D'aoüet fqui comme let fa, d'aoüet moiné l'omneige
De fet mere qu'atteu vauve, chergeye de coüette
    affans?
Y faleu beune gaignet po entretnin tant d'gens;
Je creu quif tratret beune, y m'en eft tot let mine;
Let mou d'efprit, feume fanne.

N A N E T T E.

    Sat vra, ma j'fu beune fine;

Coujeuve, fime tratieu mau, je fçai beune fou queu-
	che freu.

N A N O N.

Quaffe queuf frin ? dejeume loe.

N A N E T T E.

					Tot aufto je panreu,
Met datte, mes jouïes, mes bfagnes, & je troffereu
	bagaige,
Et près flet jeu rvanreu, cheu vot en vatte menaige,
Jeune ly lareume foulment, in dret por lu couchet,
Laireu bé en éprès, è cory éprès met,
Y n'éreu jéma bfan deume reclemé pfet fomme ?
Slet n'airivreme jet, car faite la trat bonne home.

N A N O N.

Non, non, flet n'airivreme, j'éra fbien l'œil fu vot,
Quine pouret en fouleman fare in pet fieu d'cheu vot,
Que jeune faiche où qui vret ; quand j'épofeu vatte
	Pere,
L'atteu Valat cheul mien, qu'atteu jeanne, qu'aimeu
	d'boëre,
L'alleu en compaigneye, jeune lo pleu empêchet
De cory tote eune nu, & m'leyet tote per met ;
L'atteu quéque fois treu jo envaye, qu'on lot rvoieu-
	me,
Et quand y reveuneu fty, ime feyeu cas let mine ;
Ma j'la pris tot doucement, & fla fi beune rédu,
Qui n'oufreu pu choffliet ; je fa lou que j'vieu d'lu,
Seune freume foulman d'in mat, qui m'oufeuffe con-
	tre-dire ;
Veul voyeu beune.

N A N E T T E.

					Sa vra, Papa n'oufe rien dire ;

Vatteu pu Mafte que lu.

N A N O N.

Y faut qu'jeul feu auffet ;
J'entend vatte homme, alleu, j'creu qui vient toffet,
Je vieu in poü ly dire, comme y faut quif trateuffe,
Je ly va d'né fet lçon, ine faume que ly manqueuffe.

S C E N E   I V.

N A N O N ,   L E T R U N E.

N A N O N.

ET vo, Monfieu natte Genre, où alleuve ? airet-
    teu,
Jeuf vieu dire in ptiat mat, & pu éprès yanvreu ;
Tochant.....

L E T   R U N E.

Qu'y a t'il, ma chere belle Mere ?

N A N O N.

Ny è ty q'vo toffet, où affe qu'à vatte Beaupere ?
Je youreu beune qui veigne.

L E T   R U N E.

Je ne fçay où il eft.

N A N O N.

O bien que n'importe, y net oüa b'fan toffet :
Natte Genre, vot faiveu beune que j'va beillet natte
    Feille,
Evieu eune mou bonne fomme, & tra bien de Vai-
    chelle ;

J'aivan promit auſſet que jeuf nurrin tojo,
Et q'tant queuf frin époint jeuf logrin en cheunot,
Jeune vo d'janme, natte Genre, encare beune queul
    Nattare
Aye oubliet d'ly matte, Gliaude & met jon vlan fare,
Ma auſſet ſaiveuve beune porquet que jeul volan?
Sat pot veure vatte condute, & ſqueuf freu deum
    n'affan.
En premin lu, y faut l'aimé comme in bone home
Deu fare quand lat meriet évieu eune honnête fome;
Ne point ſourty let nut, allé corry l'guildoux,
Slet nat hoüa céant è in janne Pracuroux.
En douziéme lu, jetma nlet leyet tote perleye,
De paoüe qu'eulle neuſſe focheuſſe, & ne ſeu enaeye,
N'jéma allé joüé en qué endreu qüeuſſe ſeu;
Sat met qu'vol recommande, & bien pu ſat q'jeul
    vieu.
En treuſiéme lu, Gliaude vieu q'jéma veune ſourtin-
    ſe,
Sans dire où q'ven alleu, efin que jeul ſaivinſſe,
Pot v'envayet cherchet quand ly venret des gens,
Que dmandront éprès vo, poſ tare gaignet d'lergent;
Ine faume ébandonné in moment vatte Etude,
Car ſif l'ébandonnin, ſlem beilreu d'linquietude.
Coëtriémment, v faut queuf portinſe don reſpect
Et vatte fomme tot auſtant que ſif n'atinme mériet,
Sans queuf let chégrininſe, ni ly cherchet rancune,
Et cauſe qu'en l'époſant, véveu fa vatte fortune;
Sou que jeuf dit tolet, non preneume en fochereye,
Snam poſ fochet q'jon dit, ſe nat q'pet galantreye,
Sna q'poſ beillet ſoulment in ptiat évertiſſement,
De farel beune vatte devoir, & deume rende beune
    contente.

Cinquiémement, if faut jointe è torto let Feimille,
Pot les rvanget en quet qui ly vneuſſe quat quéque
    drille,
Fare des chanſons ſus leye, comme on en eſt d'jet fa.
En chiſiéme lu, y faut queuf m'aiminſe comme vatte
    Mere,
Et queuf chériſſinſe Gliaude, auſbeune que vatte
    Propre Pere,
Que v'allinſe évat lu, quand y s'en vret promné,
Et ſeu j'vieu qu'en merchant, l'aye lo haut don pévé.
Septiémement, ſat qui faut, que quand v'gaignreu
    quéque chouſe,
Volle beillinſe è vatte fomme, comme Gliaude fa,
    car y n'ouſe,
Teunin eune pétremene, ou in dmy eſquelin,
Seu jeune ly beille por lu aoüet eune pinte de yin ;
Torto ſlet nam enca let principalle effare,
Y faut que veume jeurinſe, que veune voleu point
    fare
D'affant è natte Nanette, que dans treuje ou coüet-
    tre ans ;
Pars que la ca tta jeanne, & queulle n'éme ca quinze
    ans ;
Elle jéma l'airiveu que laye quéque malédeye,
Veune panreu point d'Medecin, que jeune feu aiver-
    teye,
Ja mes rajons pot ſlet.

    Let Rune *leve les épaules, & parle bas.*

              Faut-il que je ſois gueux !

    Nanon.
V'parleu entre va dents, quaſſe que ſat queuf dejeu ?

Y faut que jeul faiveuffe, jeune vieume queuf mur,
 murinfe ;
Sou que je vien deut dire, y faut que veul feyinfe,
Ne panfeume v'évifé, dy allé contrevnin ;
Je vieux êtes obéeye, ouyeuve, ou jeuf cheffrin,
Pus long queul folat n'meuffe ; neume matteume en
 colere,
Ou beune veume lot payerin.

LET RUNE.

   Tout doux, ma belle mere,
Vous vous plaignez à tord, je n'ay pas dis un mot,
Encore mois murmuré, ce feroit être fot,
D'ofer contrevenir aux chofes que vous dites ;
On les trouve fort bonnes.

NANON.

   Veu frin in grand belifte,
Seuve les treuvin méchantes, alleu, monteu en haut,
Seuf feyeu autrement, jeuf rangerin comme y faut.

F I N.

EPITAPHE DE GLIAUDE.

*H*IC *jacet* tot deuffe longe, couchet dans eune
 herbé,
In ptiat homme que jadis è beune bettu l'pévé ;
Om fit valat d'Bliangy ; j'épofeu let Bacelle,
Don Mafte cheu qui j'atteu, fans l'nommé fat Manf-
 velle ;
J'en ouchinrent eune affan, qu'on épelleu Nanette,

Quer fa pu d'bru cent fois, q'net fa let grand Co-
    mette ;
De l'ennaye des Almans, j'épargneu des goffins,
Pomme fare grand Dozomier d'let Bérache Saint
    Mertin ;
Jeuñe feume long-tems de rpo, vaffe let grande
    malaideye,
Et let mo tot d'in tems, qu'eume héchin dans l'a-
    treïe,
Sans tambor, fans trompatte, en cas moins fans bé-
    gaige ;
Om porteu fieu d'cheu not, & j'layeu mo ptiat
    mnaige,
Met baguette de Sergent, mes pintes enca met ma ;
On d'jeu p'tot *Requiem*, vlet l'poure Gliaude que
    s'en va.

BLAZON DE GLIAUDE.

VOS autes, bel efprit, que faiveu lo Blazon,
    Roüateu d'mes belles armes, jeuf zan preye
    l'Ecuffon ;
Lo fond at en champ d'gueulle, évieu l'cheuvron
    brisé ;
D'in côté fat treu Flioufes ; l'aute fat treu Pains cho-
    dez ;
Let lantor fat Pintes d'Anches, & Baguettes de Ser-
    gent ;
Lo Cafque at in Safat, lo Saint Efprit in Van.

Epitaphe de Perin des Grilles.

*H*IC *jacet* Téteu-Bieu l'Empaoüeto des Bo-
  xets,
Pachant au faut d'Allemand, feyeu paoüe aux Gré-
  velets.
Les Gremeiiilles, les Perchattes, enca les Berbeüil-
  lions,
Evin fayet fet mo, même let fraye aux Ocons;
Ma per bonheure por zou, in po d'vant let Vendome,
Y meureut d'let Colique, & leyeu fet ptiate Fome,
Cat d'tallaye aujeurdu, po porté des novelles
Et s'bone home Téte-Bieu qui l'iet don P'chon en
  M'zelle.

www.ingramcontent.com/pod-product-compliance
Lightning Source LLC
LaVergne TN
LVHW021134200726
843510LV00001B/92